Vente du Vendredi 10 Avril 1908

HOTEL DROUOT — SALLE

N° 101 du Catalogue.

ESTAMPES JAPONAISES

DESSINS JAPONAIS & CHINOIS

Me EMMANUEL ORIGET   M. LOYS DELTEIL

IMPRIMERIE

FRAZIER-SOYE

153-157, Rue Montmartre

PARIS

CATALOGUE
D'ESTAMPES
Japonaises

DESSINS

JAPONAIS & CHINOIS

Dont la vente aura lieu

à Paris, **HOTEL DROUOT**, Salle N° 8

Le Vendredi 10 Avril 1908

à 2 heures précises

Par le ministère de M° EMMANUEL ORIGET

COMMISSAIRE-PRISEUR

3, Boulevard Sébastopol, 3

Assisté de M. LOYS DELTEIL, Artiste-Graveur, Expert

2, Rue des Beaux-Arts

CONDITIONS DE LA VENTE

Elle sera faite au comptant.

Les adjudicataires paieront *dix pour cent* en sus des enchères.

M. Loys Delteil remplira les commissions que voudront bien lui confier les amateurs ne pouvant y assister ; il se réserve, en outre, la faculté de diviser ou de rassembler les lots.

MM. les amateurs pourront visiter la collection, 2, *rue des Beaux-Arts*, du Jeudi 2 au Jeudi 9 Avril, de 2 heures à 5 heures *(le Dimanche excepté)*.

DÉSIGNATION

BUNTCHÓ

1. Portrait d'un acteur.
2. Scène de théâtre à deux personnages.

GAKOUTEI et autres

3. Sujets divers. Dix pièces.

GOGAKU

4. Jeux du peuple, sur la terrasse d'un temple.

HARUNOBOU (Suzuki)

5. Jeune Femme se faisant coiffer le matin.
6. Les trois signes du Bonheur (la neige, le faucon, l'aubergine).
7. Jeune Femme débarbouillant son enfant.
8. Femme dans son intérieur écoutant une musicienne.

HIROCHIGHÉ

9. Un coup de vent à Yéjri (province de Souroga).
10. SÉRIE DE 3 PLANCHES : La lune sur le Yodogawa — La Neige sur les rives de la Soumida, à Yeddo — Les fleurs de Yoshimo aux environs de Kiôto.
11. La Neige sur les rives de la Soumida, à Yeddo.
12. Les Vues du lac Biwa. Cinq pièces (d'une suite de 8 pl.).
13. Coucher de soleil sur le lac.
14. Rue d'Yeddo.

15. Arrestation de police, le soir.
16. Le Bac de la Soumida.
16 *bis*. La Neige.
17. Vues du Fudgi Yama. Quatre pièces.
18. Stations de Tokaido. Dix pièces.
19. Yeddo Meisho. Dix pièces.
20. Vues d'Yeddo. Dix pièces.
21. Tokaido. Huit pièces.
22. Toto Meisho. Douze pièces.
23. Yeddo Meisho. Dix-neuf pièces.
24. Yeddo Meisho. Neuf pièces.
25. Vues de Tokio, en hauteur. Sept pièces.
26. Sous ce n° il sera vendu par lots, vingt-neuf pièces diverses.

HIROCHIGHÉ — KUNISADA, etc.

27. Tokeido — Personnages divers, etc. Cinq pièces.
28. Sujets divers. Douze triptyques.

HIGHÉNOBOU ?

29. Sujets de genre. Huit pièces. Epreuves de la planche noire seule.

HOK'SAÏ

30. LES CENT CONTES : Série de cinq apparitions : Le Revenant aux assiettes — La Goule — Squelette émergeant derrière le moustiquaire — La Lanterne fantôme, (manque la 5° pl. : Le Serpent funéraire). Quatre pièces.
31. Un Cheval et quelques piétons sur un pont courbe couvert de neige, pl. de la *Série des Ponts*.
32. Assemblée de grues à Minesawa (province de Sagami).
33. Scène de brigandage. Diptyque.
34. Paysans travaillant dans la rivière.
35. La légende des 47 Ronins. Série de 11 pièces. Rares.
35 *bis*. La même série.

N° 8 du Catalogue.

36. PETITE MANGOUA, édition de 1880, 15 albums, dans
un étui cart.

INCONNU

37. Personnages sur une terrasse au bord d'une
rivière.

ISIO-SAÏ

38. Distraction d'artistes, 2 albums dans un étui cart.

KEISAI YEISEN

39. Le Soir au pied du Fudji Yama.
40. La Pêche au cormoran, la nuit.
41. Vues d'Yeddo. Trois pièces.
42. Femmes en diverses occupations — Sokaido, etc.
Six pièces.
43. Sujets divers. Dix pièces.
44. Sujets divers. Dix-huit pièces.

KITAO SHIGHÉMASSA

45. Cigognes au coucher du Soleil — Jeux d'Enfants.
Deux pièces.

KIYONAGA (Torü)

46. Scène de théâtre, avec musiciens au fond.
47. Autre scène de théâtre avec musiciens au fond.
48. Autre scène de théâtre, avec musiciens au fond.
49. Scène de théâtre, avec quatre personnages.
50. Scène de théâtre, avec un acteur monté à cheval.

KIYOTSUNE (Torü)

51. Acteur représentant une femme.
52. L'Acteur Bundo devant la cloche d'un temple.
53. L'Acteur O Tani Hirosi.
54. L'Acteur O Kumara.
54 *bis*. Acteurs. Trois pièces de petit format.

KORIUSAÏ (Isoda)

55. Jeune Femme regardant jouer des enfants.

56. La Collation de thé et de saké dans la maison verte. Très rare.

56 *bis*. Scène des Maisons Vertes.

57. Les Sept dieux du Bonheur, format nagayé.

KOUNI YOSOU

58. Fête de Nuit sur la rivière Soumida, à Yeddo. Triptyque.

59. Scène à 5 personnages.

KOUNISADA

60. La Préparation à la lutte. Deux diptyques.

61. Promenade dans un jardin. Diptyque.

62. La Promenade — Kosanosuké, etc. Quatre pièces.

63. Femmes en pied. Sept pièces.

64. Acteurs. Sept pièces.

65. Sujets divers. Sept pièces et trois diptyques.

66. Sujets divers. Dix pièces.

67. Sujets divers. Dix pièces.

68. Sujets divers. Sept triptyques.

69. Sujets divers. Quinze diptyques.

70. Quinze illustrations d'un roman Genzi Goshu.

71. Sujets divers. Vingt-quatre pièces. Deux lots.

72. Sujets de genre. Vingt-six pièces. Deux lots.

73. Sujets divers et acteurs. Trente-neuf pièces.

KOUNISHADA — HIROSCHIGHÉ-SHINSHO, etc.

74. Sujets divers. Cinq diptyques.

75. Combats des Taira et Minumato, luttes contre des animaux fantastiques, apparitions, etc. Album contenant 134 pièces (n° 310 de la vente Burty).

KOUNISHAGA — SHUNSEN

76. Scènes d'acteurs — Promenade au bord de la mer. Deux pièces.

KOUNI TORA — KATSUKAWA

77. Pêcheuses de poissons — Femme écrivant des vers. Deux pièces.

KUNIYASU ET AUTRES

78. Sujets divers. Vingt-deux diptyques.

KOUNIYOCHI

79. Mort d'un guerrier.
80. Homme armé poursuivant son ennemi.
81. La Pluie. Triptyque.
82. La Promenade.
83. Masque formé de personnages assemblés — Personnages formant un ornement. Deux pièces.
84. Chasse au sanglier — Chasse à l'ours. Deux triptyques.
85. Fantômes et sujets divers. Six pièces.
86. Sujets divers. Quatorze pièces (tirage postérieur).
87. Sujets divers, têtes d'expression, etc. Album contenant 58 pièces (Nᵒ 307 de la vente Ph. Burty).
88. Sujets divers. Onze diptyques.
89. Sujets divers. Douze triptyques.
90-91. Sujets divers. Trente-neuf pièces. Deux lots.

OUTAMARO

92. Les Six Poëtes.
93. Jeune Femme sur une terrasse à Shinagawa.
94. Conversation d'amoureux.
95. Apparition d'un gnôme au bord de la mer.
96. Jeune Mère jouant avec son enfant.
97. Jeune Femme au repos.
98. Le Thé et la préparation du bouquet (de la coll. Goncourt).
99. Jeune Femme composant une pièce de vers.
100. Yama-Uwa pelant une pomme vers laquelle Kintoki jette des yeux avides.
101. Jeune Femme au sortir du bain : sa servante lui présente une tasse de thé.
102. Pigeons et bouvreuils (de la série des cent curieux).

103. Faucon et passereau — Faisan et rouges-gorges.
     Deux planches de la série des cent curieux.

104. Femme allaitant son enfant.

105. Les Dieux du Bonheur. Triptyque.

106. Femme en promenade — Femme lisant. Deux
     grandes pièces en hauteur.

N° 11 du Catalogue.

107. Scènes à deux personnages en buste. Deux pièces,
     une de la collection Hayashi.

108. La Promenade — Femme assise, etc. Trois pièces.

109. Têtes de Femmes — Femme en promenade. Cinq
     pièces.

OUTAMARO — TOYOKOUNI, etc.

110. Acteur et actrice — Scènes de genre. Trois pièces.

111. Combat de trois guerriers — Porteuse d'eau —
     Enfant terrassant un animal, etc. Quatre pièces.

112. Scènes diverses, 6 pièces de la collection Gon-
     court.

113-114. Sujets divers. Vingt-sept pièces. Deux lots.

RECUEILS

115. Baï-rei. Cent oiseaux, 8 albums, en un étui cart.
116. Guide illustré des Monuments de Kioto, 2ᵉ édition, 5 albums dans un étui cart.
117. Plantes et fleurs, 3 albums.
118. Plantes, fleurs, ornementation, 5 albums.
119. Ecrans, 1 album dans un étui cart.
120. Collection des dessins des plantations de fleurs selon le système d'En-tchou, 12 albums. pl. et texte (1821-1822).
121. Masques, ornements, armes. etc., 3 albums.
122. Recueil artistique, 4 albums — Ornements anciens et modernes (Mowakami Mashotaké), 3 alb. Ensemble 8 albums, en 2 étuis cart.
123. Sous ce numéro il sera vendu par lots, 29 albums illustrés.

SADA HIDÉ — KUNISHIGHÉ

124. Sujets divers. Huit pièces.

SHIGHENOBOU

125. Paysages d'Yeddo. Quatre piéces.

SHIGHÉNOBOU et autres

126. Batailles et combats. Cinq triptyques.

SHIKI MARO

127. Occupations des Femmes dans leur intérieur. Trois piéces.
128. Femme lavant un mouchoir.

SHUNKO (Katsukawa)

129. Guerrier sur un navire en détresse.
130. Guerriers combattant. Deux pièces de format hossoyé.
131. Acteur dans un rôle de femme.
132. Acteur représentant une Princesse.

SHUNKO et autres

133. Sujets divers. Dix-sept pièces.

SHUNSHO (Katsukawa)

134. Acteur montrant un masque de diable.
135. Acteur dans un rôle de femme.
136. Acteur en femme déroulant un Kakemono.
137. Acteur s'abritant sous un parapluie.
138. Acteur faisant un jeune Prince.
139. Acteur représentant une femme.
140. Aigle sur un pommier en fleurs, format nagayé.

SHUNTSHO

141. La Promenade. Triptyque.

SHUNYEI (Katsukawa)

142. Promenade au bord de la Soumida, par la neige.
143. Portrait d'acteur.
144. Acteur représentant un guerrier armé de toutes pièces.
145. Acteur représentant un sumuraï sous la pluie.
146. Acteur représentant un prêtre boudhiste.
147. Acteur dans le rôle d'un guerrier.
148. Acteur représentant une femme.

SHUNYEI — TOYOKUNI — SHUNSHO

149. Cavalier traversant un fleuve — Cavalier s'élançant. Deux pièces.
150. Guerrier berçant un enfant — Un lutteur, etc. Quatre pièces.

SOURIMONOS

151. Musicienne et danseurs en plein vent. Sourimono en largeur, accompagné de poésies.
152. Begonias.
153. Jeux d'enfants. Deux pièces.
154. Quatre Sourimonos.

TANSHU

155. Prêtres exécutant une danse sacrée. Tiré en Sourimono.

TOYOHIRO (Utagawa)

156. Les Sept dieux du Bonheur, format nagayé.

TOYOKOUNI (Outagawa)

157. L'Hiver. Epreuve de la collection S. Bing. Encadrée.
158. Promenade au pont de Riogoku.
159. Le Soir au Yoshiwara. Diptyque.
160. Le Pêcheur et la déesse Benten.
161. La Terrasse. Triptyque. Collection **Goncourt**.
162. Scènes de genre. Triptyque. Collection **Goncourt**.
163. La Chasse au faucon. Triptyque.
164. Cortège d'une princesse, estampe en 4 feuilles.
165. Les Maisons vertes, 1 album.
166. Vues de Tokaïdo, 14 planches.
167-168. Sujets divers. Trente pièces. Deux lots.
169. Scènes d'acteurs et Sujets divers. Dix-huit diptyques.

TOYOKUNI, KUNISADA, etc.

170. Sujets divers. Neuf pièces.
171. Acteurs. Dix pièces.
172. Acteurs. Onze pièces.
173. Sujets divers. Vingt-et-une pièces.
174. Sujets divers. Vingt-trois pièces.
175. Sujets divers. Vingt-cinq pièces.
176. Sujets divers. Vingt-huit pièces.
177. Sujets divers. Trente pièces.
178. Sujets divers. Vingt-deux triptyques.
179. Personnage. Trente pièces.

YEISHO, KUNIYASU, etc.

180. Sujets divers. Douze pièces.

YEI TALCOU

181. Collection de dessins choisis ou mille choses modernes, 5 albums en un étui cart.

YEISAN

182. La Neige. Triptyque.
183. La Chasse au faucon. Triptyque.
184. Jeunes Femmes en bateau. Diptyque.
185. Jeune Femme se cachant la figure avec l'éventail.

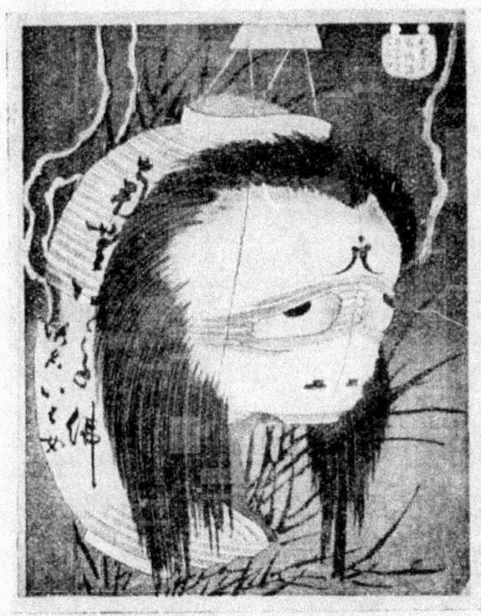

Nº 10 du Catalogue.

186. Jeune Femme composant des vers.
187. La Mère et ses deux enfants — Jeune Femme se
    détournant — La Promenade. Quatre pièces.
188. Sujets de genre. Neuf pièces.
189. Femmes. Six pièces.

YESHI

190. Jeune Femme présentant un jouet.
191. Scène de genre. Triptyque. Encadré.

YOSHI TOSHI

192. Guerriers célèbres. Trois pièces.

YUEN KIEN TSAI (Chine)

193. Histoire de cent jolies Femmes ou nouveaux chants et histoires illustrées, 4 alb. dans un étui cart.

DIVERS

193 *bis*. Scènes de genre. Sept pièces.

194. Paysages et vues, animés de figures. Quarante pièces de petit format, appartenant à une même série.

195. Sujets divers. 20 pl par Shigheharu et autres.

196. Restaurants endroits célèbres d'Yeddo, etc. 11 pl.

197. Sujets divers et Vues, 86 pièces.

198. Sous ce n°, il sera vendu 4 albums : Histoire abrégée du Japon, par Dassi Ghin-Gwo, Hiroschighé. Collection de Dessins — Scènes de guerre, etc.

PEINTURES — DESSINS

TOSA (Ecole de)

199. Sujets divers. Trois petites peintures, avec rehauts d'or.

200. ON-NISHIKI-YÉ. Manuscrit (fin du XVIIᵉ siècle) contenu en 4 volumes in-4 et renfermant 40 charmantes peintures rehaussées d'or.

201. Peintures accompagnées d'un texte et retraçant des scènes de la vie au Japon. Réunion de sept albums renfermant 60 peintures rehaussées d'or.

202. La Vie du premier missionnaire boudhiste au Japon, Schinlan-Schonin. Beau makiemono.

203. Portraits de 36 guerriers, exécutés en peinture avec rehauts d'or. Makiémono transformé en recueil, dans un emboîtage cart.

204. Portraits de trente-six grands Poëtes japonais. Réunion de 36 jolies peintures en 1 vol. in-fol. dem. rel.

205. Fêtes des Douze mois de l'année. Deux importants makiémonos comprenant douze peintures rehaussées d'or, en 1 étui cart.

DESSINS DIVERS — MAKIEMONOS, etc.

206. Animaux divers : tigre, poissons, faisan, cigogne, insectes, canards, etc. Vingt-sept dessins à l'encre de chine, la plupart avec rehauts d'aquarelle. *Ce n° sera divisé.*

207. Guerrier assis tenant son glaive. A l'encre de chine.

208. Personnages. Cinq dessins à l'encre de chine, avec légers rehauts d'aquarelle.

209. Trois Paysans envoyant leurs présents à une divinité, sur le vol d'une cigogne. A l'encre de chine. Encadré.

210. Deux Enfants jouant avec un cerf-volant. Aquarelle.

211. Si-Bassin-taïs-bi-Ko — Vie de Confucius. Deux très importants Makiemonos exécutés à l'encre de chine, dans un emboîtage cart.

212. Album contenant douze dessins sur soie, rehaussés d'aquarelle : sujets, paysages et animaux.

213. Vues de Tokio. Intéressant makiemono.

214. Portraits des 36 grands Poëtes japonais, 36 dessins à l'encre de chine, avec légers rehauts, et réunis en 1 alb. in-fol. dem. rel.

215. Scènes caricaturales. Makiemono. A l'encre de chine avec légers rehauts, en 1 alb. petit in-4.

216. Images et Poésies, manuscrit chinois du XVIII siècle accompagné de 10 aquarelles (fleurs et plantes) et renfermé dans une couverture et emboîtage spéc.

217. Portraits de 36 grands Guerriers japonais. Important makiemono rehaussé d'or et d'argent.

217 *bis*. Compositions diverses. Quarante-deux aquarelles réunies en un album in-fol. cart.

218. Mura Saki Sikibu-Gainn-Zi, 27 dessins à la plume avec légendes, réunis en un album in-fol. cart.

219. Occupations d'une jeune fille, dix peintures chinoises réunies en album (XVIIIe siècle).

220. La Divinité du commerce sur son poisson. A l'encre de chine.

221. Les Cigognes. Kakiemono.

221 *bis*. Scènes guerrières. Makiemono.

222. La Légende des Ten-Gu. Makiemono.

223. Vieilles coutumes : Manière dont s'habille un soldat. Treize peintures (début du XIXe siècle) réunies en un album in-fol. cart.

224. Carnet : Oiseaux divers, poissons, insectes, etc., dessins à l'encre de chine rehaussés d'aquarelles.

225. Sous ce numéro, il sera vendu un kakiemono et trois makiemonos.

226. Sous ce numéro, il sera vendu, par dessin ou par petits groupes de dessins, des dessins et miniatures japonais anciens et modernes.

227. Sous ce numéro, il sera vendu quelques dessins et estampes non catalogués.

Imp. FRAZIER-SOYE, 153-157, Rue Montmartre, Paris.

RED. :

21

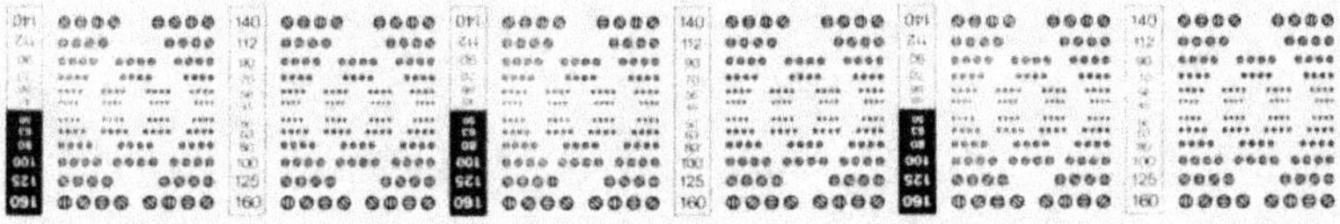

MIRE ISO N° 1
NF Z 43-007
AFNOR
Cedex 7 - 92080 PARIS LA DÉFENSE

0 1 2 3 4 5 6 7 8 9 10